그 강에
배를 띄우고

박 호 성 두 번째 독백

그 강에
배를 띄우고

박 호 성 두 번째 독백

HAUM
하움출판사

; [목차]

그대 떠난
계절은 봄 이었지

그대 꽃이 되어 피어나면
나비되어 그대 반겨주리

푸른 들은 하얗게 변하고

난 갈 곳 잃고
나그네처럼
한 없이 걷고 있네

머언 하늘처럼
기다림에 지쳐
그리움 타는데

사랑은
기약이 없네

; [내 인생]

내 삶에
외로움도
불행도
슬픔도
없었다

홀로 있는
시간 길어도
외로워
침묵하지 않았다

그리고
세상 속 뛰어들어
뛰고
땀 흘리고 싶었다

어디 간들
어느 누가
움직이지 않는

인간을
자신인들
좋아하리오
스스로들
세상에선
뛰어야
숨을 쉰다

; [세월을 걷는 나그네]

세월이 흐른 뒤
쌓여진 분노는
깨달음이 되고

세월이 흐른 뒤
물처럼 고인
추억은
큰 강을 만들었다

난 여태
지나온 흔적도 없는
세월을 걷는
나그네였다

흔적도 없는
청춘은
세월 따라
흘러가

나는 석양의
그늘이 되고

세월은 시들지 않는 불이다
난 세월을 걷는
허수아비 같은 나그네였다
지나온 흔적 없이
세월을 걸었다

; [(청춘) 기억인 것을]

지난 세월들
그 순간의
그 아픔들까지
그립다

아름답다
한 번 더 그 시절로
가고 싶다

한 세월
찬란하게 머물다
흔적 없이 떠난
빈자리만 남아
순간들은
꿈 이었구나

그 순간들
갈 수 없는

· 그 강에 배를 띄우고

기억뿐인 것을
몰랐네

내가 바보구나
내가 바보구나

다신 생각 안해야지
흔적도 없는 것들

옛 추억
괜히 내게 와
창백한 가슴만
남기고 갔네

; [돌아보면 안 되나요]

문득 쓸쓸하고 외롭고
인생이 허무해질 때
침묵하면 안 되나요.

지난 삶이 슬퍼
눈물지면 안 되나요.
살아온 것 후회해도
정말 안 되나요.

순수하고
화려했던 시절
돌아보면
나는 안 되나요
정말 안 되나요.

그 강에 배를 띄우고

삶과
함께 한 외로움
나 죽도록
내게 머물다
가려나보다.

나 지치지 않고
늘 함께 할 운명도
즐겁게 가보자.

; [나비의 아침]

내 지독한
외로움은
내게 사랑이
없기 때문이다.

누구라도
무엇이라도
사랑하고 있다면
난 언제나
나비의 아침처럼
바쁘게 기뻐할 것이다.

나의 하찮은 유산으로

천륜이 상하고

갈등을 보인다면

하찮은 유산이라도

받을 자격마저

갖추지 못한

저주받을 인간

아니 벌레라고 생각해야 맞다.

너의 부모에 대한 개념이

어떤 것인가.

너는 부모에게

어떤 자식이었는가.

형제간 우애를

제일로 삼고 살아도 짧은 인생

그렇지 못한 자식은

오히려 부모를 욕되게 할 뿐이다.

; [삶의 의미]

나는 산과 들에
씨를 뿌린다.
그 열매
그 곡식
아무라도 따 먹는다면
나는
흥에 겨워
더 열심히
뿌리고 뿌리리라.
이보다 더 기쁘고
흐뭇함이 무엇이랴.

: 그 강에 배를 띄우고

; [나그네]

군중 속에 홀로 선
나그네

세월 속에
세상 속에
홀로 선 나그네

도전과 갈등
이겨내도
인생은 뜨내기

메마른 세상에
눈물 같은
이슬비로
꿈을 키워
세상을 지킨다.

; [용사들을 보라]

꿈꾸는 낭만
가득한 시대
젊음들이여

한 시대를 위해
피 땀 흘린
용사들을 보라.

세상의 열매는
청춘이 씨였다.

지금 침묵으로
황혼 빛에 잠긴
늙음을 보라.

또 다른
새벽을 기다리며
그들

잠들어가고 있다.

젊음이여
젊음이여

경배하라 그들을

; [후회]

꽃을 심기엔
늦었다고
지난 해
그냥 보내
아쉬움 피네.

내년 봄
다시 온다고
맘 놓다
지난 봄 잃은
삶의 시간 언제 볼까
아쉬움이네.

미루다 못 채운
삶의 빈 그릇
언제 채우려
불사신인 양
세월 잊고 있네.

언제나 현실은
살얼음 위에
존재한다.

인생의
꽃이 피고
지는 곳도
살얼음의 순간이다.

순간을 만드는
시간들은
멈추지 않는
세월의 지침(등불)

성공을
이룰 수 있는
꿈은
멈춤 없이
도전의 파도를
넘어야 한다.

; [빗속으로]

꿈을 버린 철새
둥지도 버리고
빗속을 나는 새
가는 곳 어딘지

아픔보다
슬픈 외로움
잊으려
날아가는가 보다.

그리움마저 잊고
망각의 넋이 되려
빗속을
날고 있나 보다.

뜬 구름 같이
흘러간 그 계절
찾을 수 없어
애석해지네.

소나기로 내리는
먹구름은
흔적도 없지만

세월 지낸 가슴은
흔적도 많네.

허무해 침묵해도
어둠에도 빛을 만드는 고통을
기뻐하며
지난 세월이 날 두고
저만치 갔네.

막판
산에 올라
망망대해의
파도가 만든
힘찬 생동
가슴에 담아두고
깊은 숨으로
맑은 공기 마신다.

남은 미련은
삶의 향기로
지친 피로를 위로한다.

막장은 깊고
끝남은 시작도 없이
끝을 맺고.....

그 강에 배를 띄우고

; [세상 잊는 연습]

빈 마음으로
두 눈을 감고
이제 세상을 잊는
연습을 한다.

흰 눈처럼
나는 하얀 그림자
하늘을 날아
별빛을 찾아간다.

그 곳은 어떨까.

; [사랑]

먼 이야기 같이
세월이 지난
그 시간의 혼

아직 가슴에
있는 듯
생생하네.

그 사연들
지난 일인데
오늘 의미 없이
생각나네.

이제
모두 잊고 가야 할
시간인 것을

다시 생각지 말자.

; [나를 찾아서]

고요 속에
묻히어
나를 찾고 싶다.

침묵으로 위장된
나는 없는가.

진실을 밝혀
미술관에
그림처럼
벽에 걸어두고
온종일
보고 또 보아
진정한
나를 알고 싶다.

; [꿈 그리고 희망]

밤 길
비 내리는
깊은 밤
어둡고 험한 길
세찬 비 다 맞고
홀로 걸어도
저 산 넘어가야
희망이기에
지쳐 호흡 거칠어도
살아야 꿈을 꾸고
쉬지 않고 가야
희망을 얻는다.

그 강에 배를 띄우고

세상이 싫어
나는
새는
돌아보지도 않는다.

살면서 받았던
설움에
고인 눈물을
기어이 삼키고
흘리지도 않는다.

멀리 날아
가는 곳 어디인지.

; [동백꽃]

나 어쩌라고

어제보다
더 탐스럽고
더 붉어졌느냐.

나 어쩌라고

벌어진 꽃잎에
나비 잠들었구나.
향기에 취해
죽었던 것처럼

홀로 있었던
외로움은
예전부터 견뎌온
설움이더냐
기쁨이더냐.

지옥의 천사처럼
살아나
곱게 곱게 피어나라.

; [사랑은]

사랑은 사랑은
꽃들이 피어
새들이 노는
숲속
산들바람 같은 것

사랑은 사랑은
이슬비로 내려
홍수처럼 불어나
강을 만들고
배 띄우게 하는 것

사랑은 사랑은
향기롭고
아름다워도
사자처럼 강한 것

사랑은 사랑은
불꽃처럼 타올라
재로 남겨져
흙으로
영원해지는 것

; [천국]

산과 들에
나무 심고
씨앗 뿌려

굶주린 아픔
인간이든
짐승이든
없게 한다면
나는
열심히
이 일을 하다가
죽으면
더하지 못해
한이 남으리.

이보다 더
자유로운 행복과 평화가
어느 자연에 있으리.

영원히 이어질
삶을 위해
우리는 산과 들에
나무 심고 씨앗을 뿌려두자.

; [삶의 보고]

살고 나면
흔적도 없을
희미한 인생

무지개 세상
바람 되어

나돌다
나돌다

이제 누웠네.
이제
영혼이 되어
날고 싶어라.

지금까지
난
나를 잃지 않고

: 그 강에 배를 띄우고

여기까지 왔네.

내 인생
즐겁고
외롭고
슬프고

그래도
그래도
좋아했네
좋아했네.

모두가
함께 해주어

너는 하고
나는 못하고
모두들 하는데
나만 못하고

노력해 일하는 것
순리인데
그게 어때서
체면 자존심
그게 뭔데

실천 없고
생각만 많아
세월 보내면
죽음뿐인 걸
알고 가자
세월 속으로

세월은
허송하는
시간을 받아줄 뿐
돌려주지 않는데

운명은
허점을
용납 않는데
세월은 가고
나만 남는다.

인간은
세월 묻어가고

; [세상 찌꺼기]

화산이 폭발하듯
치솟아
성난 파도처럼
숨 가삐 뛰어왔어도
험한 줄 몰랐네.

이제 늙어져
조용한 세월에
용암처럼 끓었던
푸른 청춘
강물처럼
흘러가고 있어도

인생이 남긴
후회들
반성의 침묵으로
스스로 위로하네.

이제 다시
어디에 무엇이 되어
열정에 탄다 해도
재도 없이 타는
불꽃이 되리라.

; [늙음]

친구야
세상이 묘하니
산에 가 살자.
그곳도 묘하면
하늘에
놀러가자.
희망 없는 자
행복은 슬프다.

: 그 강에 배를 띄우고

; [남아있는 삶]

무심히
불꽃처럼
태워버린 시간들은
내 삶이었네.

마지막
짧게 남은 것 같은
삶의 미로
이제 찾을 것 무엇인가.

; [세상이 무대다]

그대들 무대는
세상이다.
삶의 향기 느껴라.

살기 위한 진실한
세상
문을 열어라.

그리고
성실히 노력해
세상의
진리 깨닫고 감사하라.

그대의 일은
그대를 기다린다.
처음도 즐겁게
나중도 즐겨라

능력의 한계는 없다.
정직하게 성실하라.
세상이
그대를 의미하도록

; [세월 밖에서]

청춘은
세월 따라가고
백발만 성성해
지난 세월은
바람 되어 날아갔네.

떠날 수 없는
세월 밖에서
세상 밖에서
이제
꿈꾸고 싶다.

세월도
세상도
외면된 세상엔
진정한
평화 속 행복
그리고
순수한 자유가 있겠지.

; [청춘]

잃고 나니
지난 세월 그립네.
언젠가
푸른 하늘에
놀러간 구름은
지금
어느 곳에 있는지
흔적도 없네.

봄처럼 왔다
흰 눈처럼 사라진
청춘의 한들이여.

다른 것보다
우리도 자연임을
알아야겠네.

; [구경하듯]

세월을 걸어가라.
세상사 꽃 가꾸듯 하라.

인간적인
인간적인
향기 느낀다면
자연입니다.

순수한 나눔을
계산하는 것은
인간이길 거부한 것입니다.

자연은 어울려
사랑하고 협조하는
신비한 쾌감을
아름답게
편안히 기억하는
우리 자연입니다.

바쁨의 이유
무엇인지
빠르게
가고 오는구나.

그 순간에도
꼼짝 못한
인생은 구름처럼
흘러만 가고

창공을 잃은
새처럼
차마 날지 못해

삶을 체념한
생의 꿈은 자취도 없지만
인간은 좇아
이렇게
더 갈 곳은 어디인지.

; [달아난 세월]

백발만 남기고
달아난 세월
너는 어디 숨어있니
그 시절
찾을 수가 없구나.

그 강에 배를 띄우고

; [목련]

아 아
꽃이 피어
봄이 될
새해가 시작되고

견딜 수 없어
몸부림치는 겨울은
꽃이 부끄러워
세상을 떠난 것이다.

난
열리는 새벽을 본다.

시간이 버린 곳

아낌없이
주는 사랑
주저 없이 받아

사랑은 날마다
빛으로 태어나
삶은 아름다워진다.

하루 같은 일 년
속절없어도
행복해 후회 없이
인생의 탈을 썼다.

어떤 날
소나기가 내려도
태양은 지지 않아
그 빛은 더 밝아진다.

; [그리움]

애절한 사랑
간절한 그리움
황혼에 짙어진 사연
그리움 되어
날아가
새벽 풀잎에
이슬로 맺히네.

보이지 않는 눈물
가슴 속 피를 말려도
숲 속 뻐꾹새는
종일 우는구나.

; [가더라도]

가더라도
사랑은 꼭 사랑은 갖고 가요.
가는 세상 험하거든
갖고 간 그 사랑
뿌려두고 가요.
그래도 남는 사랑은
넘치도록 이고지고 갖고 가소.

왔다가 그냥
마음만 두고 간다.

아팠던 애절한 사랑은
허공에 띄워두고
이제
잊기만 하면
즐거우리라.

한 세월
험한 길
걸어가면 좀 잊혀 지겠지.

그래도 생각나면
차라리
푸르게 가꾸어
들새라도
날아와
앉아 놀게 하리라.

; [도전의 파도]

언제나 현실은
살얼음 위에
존재한다.

인생의
꽃이 피고 지는 곳도
살얼음 속의 순간이다.

순간을 만드는
시간들은
멈추지 않는
세월의 지침

성공을 이룰 수 있는
꿈은 멈춤 없이
도전의 파도를
넘어야 한다.

영원을 향한

태양은 아직도 뜨고 있다.

시작하라

성공은 땀과 노력을 요구한다.

예전에
꽃처럼 피어
사슴 같은 꿈으로

지금은
그때가 그리웁네.

: 그 강에 배를 띄우고

그 사연들
세월 따라 못가고
내 가슴에 고여
잠 못 들게 하는가.

; [넌 살아야 한다]

인생아
인생아
외로우면 뛰어라.

인생아
인생아
서러워도 뛰어라.

넌 위해
태양은
힘차고 뜨겁게
타고 있다.

인생은 도전
세상은 무대일 뿐
변화의 샘이다.
넌 살아야 한다.

; [재도 없는 불이 되리라]

화산처럼 치솟고
용암처럼 들끓던
푸른 청춘

성난 파도처럼
거칠게
뛰어왔어도
그 세상
험한 줄 몰랐네.

이제 늙어져
세월은 조용히
강물처럼
흘러가고 있어도

열정의 계절 있어
인생의 아픔
스스로 위로하네.

이제
어디서
무엇이 되어
다시
꿈을 꾼다면
재도 없이 타는
큰 불이 되리라.

; [웃으면 살고 싶단다]

웃고 싶다
세월아

세상아
인간 울리지 마라.
웃으면 살고 싶단다.

모두랑
함께 웃으면
세상 속으로
뛰어들고 싶단다.

; [조건 없이 사랑했다]

지금 내가
보내는 시간이
거기도 그러냐고
지옥 같은 시간은
널 생각하는 시간

조건 없이
본능적으로 사랑했다.

; [원래 없었다]

깡 있는 것처럼
살아왔어도
난 순수하게
세상에 순응했다.

강한 것처럼
보였어도
마음은
그렇지 못했다.

삶에
노력한 것처럼
보였다 해도
그렇지 못했다.

고아처럼 태어나
홀로 뛰었지만
티 없이 살다

흔적 없이
사라지고 싶다.

오직
정에 굶주린
안타까움이
끝내 아쉽다.

; [이렇게 나의 인생은 마친다]

더 배우지 못해
더 깨닫지 못해
한이 된다.

아무것도 모른 채
가진 것 없이
한 세상 편히 잘 지냈다.

내가 세상에 온 보람은
너희 형제가 생겼다는 것
이제 나의 인생은
너의 형제가
이어가게 되겠구나.

난 홀로
사막에 떨어진 낙엽처럼
시작한 인생이었다.

난 세상을
견뎌내고 또 이겨야 했다.

너의 어머니도 고생했지
잘 모셔야 한다.

재홍 민수 너희 형제에게도
냉정한 것 같다만
늘 정을 느끼고 있다.

재홍은 항상 미더웠고
민수에겐 늘 고마웠다.

; [나는 홀로 꽃이 되었다]

단풍 들었던 잎
낙엽 되어
눈물 같은
서리에 떨어질 때
찬바람 불었지.

새벽 길
둥지를 정처 없이
떠나는 새들처럼

나는 홀로
세상 꽃이 되었다.

; [하늘]

이제 가도
아쉬움이나
후회는 없겠지.

버리고 잊고
그곳에 가도

이곳처럼
오래 오래 있다
어디로 갈까.

무엇이 되어
무엇을 어떻게 할까.

; [아름다움에 대한 감사]

이제
세상 밖에서
꿈꾸며 뛰고 싶다.

이제껏
세상 속
아름다운 것들에
진실로 고맙다.

표현이 어려운
세상의 아름다움들

이제
세상 밖 다른 세상의
훌륭한 시인이 되어보자.

··그 강에 배를 띄우고

황혼 빛 고와도
밀려드는 허무
처음도 홀로 했는데

오늘은
홀로 있어 외롭네.

홀로여도
갈 곳도
찾는 이도 없어
뛰고 뛰었는데

황혼 빛은 고와도

내게 아무도
예전부터 없었는데
스스로 외로워마라 했는데
오늘은 외롭네.

진정
빗물처럼
내린 것은
서러운 눈물 아닌
세상의 땀이었다.

군중 속에
홀로 서는
외로움은
고독 아닌
생활이었다.

화산처럼
들끓는 열정은
세상의 분노였다.

사는 이유는 인내다.
생명은
사는 것이 원인일 뿐

참회의 삶은
늘 고통스러웠다.

; [찾아 나설 곳 없으니]

어쩌다
생겨났어도
정성 다해
사랑했는데

내가 늙어보니
다른 사람처럼
타인으로 사네.

또 무엇으로
너희들을
미소 짓게 하리.

눈보라 속에서도
찾아 나설 곳 없으니
우리는
어느새
타인으로 변했나.

; [지난 일 (나쁜 놈들)]

어쩌다
잊는다 해도
어이
흔적마저 없어질까.

또 생각나면
또 마음만 아픈
부질없는 것일지라도
지금 없는
그 애절한 사연들
그 모습들
진정
아주
잊고 싶지는 않구나.

; [몇 번 죽어도 사랑할 그대]

그대 떠나
내가 몇 번 죽어도
사랑할 그대
기어이
나도 보내드렸습니다.

홀로 남은
외로움에
그리움은
허수아비처럼
온종일 바람에
흔들리고

어둠 짙은 밤에도
간절해
추억의 길 걷는
나그네로
새벽을 찾아갑니다.

.. 그 강에 배를 띄우고

애절한 사랑
간절한 그리움
애만 태우는
내 가슴 떠난
그대
지금 어디에
어떻게 살아가고 있는지.

; [다음 생을 기약하며]

작든 크든
꿈이 있어
잠 못 들고
벅차고
험한 길
뛰어들면
차라리 맘 편하고

두려워
포기하면
맘 괴롭네.

눈물은
생명의 아픔
치욕스런
세상의 내 모습에
나는 깊이깊이
다음 생을
기대한다.

; [빨간 장미]

땡볕에
곱게 핀
빨간 장미

너무 고와
오래 볼 줄
알았더니

그 계절도
못 보내고
시들어버리네.

사라진 그 모습
금세 그리워져
그림으로라도
오래도록
남겨두고 싶네.

; [사랑]

첫 눈이
내리는 날에도
기다림만

봄이 와
활짝 꽃이 필 때는
애절한 그리움만

한 여름
소나기 퍼붓는 날은
서러운 그리움만

가을
낙엽이 질 때는
못 잊어 했던
그 얼굴이 보여
행복했습니다.

애 태운 계절은
사랑을 태우며
멀리 흘러 오고가도
나는 처음처럼
지금도
기다림에 그리움을 사랑합니다.

사랑이
바람의 날개라 해도
내가
잊으면 슬퍼할
더 큰 서러움이기에
죽는 날에도
사랑하렵니다.

삶은
번뇌의 순환으로
세상의 숨을
쉰다.

시작에서 끝까지
왔어도 모르겠네.

어디가
진정한 시작인지
어디가 끝인지
나는
아직도 헤맨다.

; [생과 사]

살아온 날만큼
돌아갈 날
다가와 있어도

나는
다시 꿈꾸며
길을 간다.

때론 중심을 잃어
방황도 했지만

변함없는
생과 사의 원칙에
고개 숙인다.

; [삶]

삶은
인생의 영광이며
죽음의 길목이다.

원대한
죽음으로
시작 되고

그 시작은
죽음으로
잠시 멈춘다.

태양의 일과처럼
삶과 죽음은
계속되어

세상은
새롭다.

; [못 잊어]

못 잊어
그리워해도
결국
잊어지는 구나.
세월의 조화
애절하게 슬퍼도
인간인 우리가 어쩌랴.
그래도 소리 내 울지는 말자.
그래도 우린 살아 있으니
그리워 울고 싶어도
소리 내 울지는 말자.

; [그날까지]

내 맘이 허전해
잃은 세월
잃은 청춘
슬픔만 생겼네.

다시 태양은 떠올라
또 다른 내일로
나를 뛰게 하겠지
어차피 가진 것 없이
세상에
내던져진 운명인데
힘차게 달려보자.
다시 힘차게 뛰어보자.
그날까지
그날까지
그날이란
내가 쓰러지는 날

.. 그 강에 배를 띄우고

가슴 쓰려도
떨어진 낙엽을 밟고
흰 눈 내리는 겨울에
서면
내 가슴에 눈이 쌓이네.

내 꿈 같은 봄이 오면
나의 시상은 꽃이 피어나네.
한여름 더위에
지치고 나면
화려했던 꽃은 지고
내 가슴에 낙엽이 한 잎 두 잎
쌓여가며
나는 흰 눈 속에 묻혀
하늘을 날아가네.

; [괜히 허전해지는 날]

그냥 울고 싶구나.
눈물은 흐르지 않아도
내가 걷고 있어도
나는 울고 있다.
내 맘은 멀리 여행
떠난 것인가.
또 못 잊은 그 사람
찾아갔나보다.
그리워도 만나선
안 될 사람
또 울려 보내야할 사람
내가 슬퍼 울더라도
사랑하는 사람
행복 찾아줘야지.
또 울려 보내더라도

:: 그 강에 배를 띄우고

빈 맘이 전부 다
세상 모두라도
사랑하고 싶다
누구라도
아무라도
가슴에 담고
사랑으로 걷고 싶다.
내가 좋아
네가 좋아
그냥 좋아
다 좋아
외로움 없는
곳으로
미소만 피는 곳으로
모두 모두 걸어가자
달려가자.

그리워 못 잊더라도
눈물을 삼키듯
한동안은 잊어보구려
그래도
우리 사랑 변화 없으니
우리는 순수한
사랑을 진실로 하는 것입니다.
못 잊어도
함께 살아갈
세상 속에 우리입니다.
언제나
나는 그대의 삶이며
그대는
사자와 싸우는
나의 힘이여 용기 입니다.

: 그 강에 배를 띄우고

그 강에 배를 띄우고

지은이 박호성

1판 1쇄 발행 2018년 10월 1일

저작권자 박호성

발행처 하움출판사
발행인 문현광
교 정 성슬기
디자인 강태연
주 소 광주광역시 남구 주월동 1257-4 3층 하움출판사
I S B N 979-11-88461-58-5

홈페이지 www.haum.kr
이메일 haum1000@naver.com

좋은 책을 만들겠습니다.
하움출판사는 독자 여러분의 의견에 항상 귀 기울이고 있습니다.